O encanto do mundo,
A beleza e a força,
As formas das coisas,
Suas cores, luzes e sombras.
Tudo isso eu vi.
Olhe também enquanto
houver a vida.

Copyright do texto
e das ilustrações © Benji Davies, 2013
Publicado originalmente na Grã-Bretanha em 2013
pela Simon & Schuster Uk Ltd.
1St Floor, 222 Gray's Inn Road, London, WC1X
8HB A CBS Company
Copyright da tradução © Editora Paz e Terra, 2014

ISBN: 978-85-7753-297-1

Diagramação: Filigrana Design

Editora Paz e Terra Ltda.
Rua do Paraíso, 139, 10° andar,
conjunto 101 - Paraíso
São Paulo, SP - 04103-000
http://www.record.com.br
Atendimento e venda direta ao leitor:
mdireto@record.com.br ou (21)2585-2002

Texto revisado segundo o novo Acordo
Ortográfico da Língua Portuguesa.

CIP-Brasil. Catalogação na fonte
Sindicato nacional dos editores de livros, RJ

Davies, Benji
        Leo e a baleia / Benji Davies; tradução de
D255L Marília Garcia. – 3. ed. – São Paulo / Rio de
Janeiro: Paz e Terra, 2017.
        28p.
        Título original: Storm Whale
        ISBN 978-85-7753-297-1
        1. Literatura infantojuvenil. 2. Amizade.
        I. Título

        CM-028.5 CDU-087.5

Benji Davies

LEO E A BALEIA

3ª Edição

Tradução de
Marília Garcia

PAZ & TERRA
São Paulo/Rio de Janeiro
2017

Leo morava com o pai e seis gatos na beira do mar.

Todas as manhãs, seu pai saía bem cedo para
um longo dia de trabalho em seu barco de pesca.

Ele só voltava quando já estava escuro.

Uma noite, um forte temporal arrastou tudo ao redor da casa.

Na manhã seguinte, Leo saiu para ver
o que tinha acontecido lá fora.

Andando pela praia,
ele avistou algo diferente.

Ao se aproximar, Leo, de repente, viu...

...um filhote de baleia encalhado na areia.

Leo não sabia o que fazer.

Ele lembrou que as baleias não gostam
de ficar muito tempo fora d'água.

"Tenho que agir depressa", pensou.

Leo queria que a baleia
se sentisse em casa.

Ele contou algumas histórias sobre a vida na ilha.
A baleia sabia ouvir muito bem.

A noite foi chegando,
e logo escureceu.

Leo estava com medo de seu pai ficar
bravo com a baleia na banheira.

Durante algumas horas, Leo manteve o segredo bem guardado.

Ele até conseguiu levar escondido um lanchinho para a baleia.

Mas seu segredo duraria
pouco tempo.

O pai de Leo não ficou bravo.
Ele andava tão ocupado, que nem tinha percebido
que o filho se sentia sozinho.

Ele explicou que a verdadeira casa da baleia era o mar
e por isso eles precisavam levá-la de volta.

Leo entendeu que era melhor assim,
mas achou muito difícil se despedir.

Ele ficou feliz de seu pai estar ali, ao seu lado.

Leo sempre se lembrava da baleia.

Ele esperava um dia...

...encontrar sua amiga outra vez.